Das Volk der Nebel

2/3
Flügelschläge

Szenario
Katia Even

Farben
Marina Duclos

Zeichnungen
Styloïde

SPLITTER Verlag
1. Auflage 12/2024
© Splitter Verlag GmbH & Co. KG · Bielefeld 2024
Aus dem Französischen von Hanna Reininger
LE PEUPLE DES BRUMES, VOLUME 2
©2020 Tabou Editions, France
Redaktion: Aylin Kuhls
Lettering und Covergestaltung: Dirk Schulz
Herstellung: Horst Gotta
Druck und buchbinderische Verarbeitung:
AUMÜLLER Druck / CONZELLA Verlagsbuchbinderei
Alle deutschen Rechte vorbehalten
Printed in Germany
ISBN: 978-3-98721-387-8

Weitere Infos und den Newsletter zu unserem Verlagsprogramm unter:
www.splitter-verlag.de

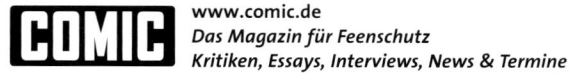

www.comic.de
*Das Magazin für Feenschutz
Kritiken, Essays, Interviews, News & Termine*

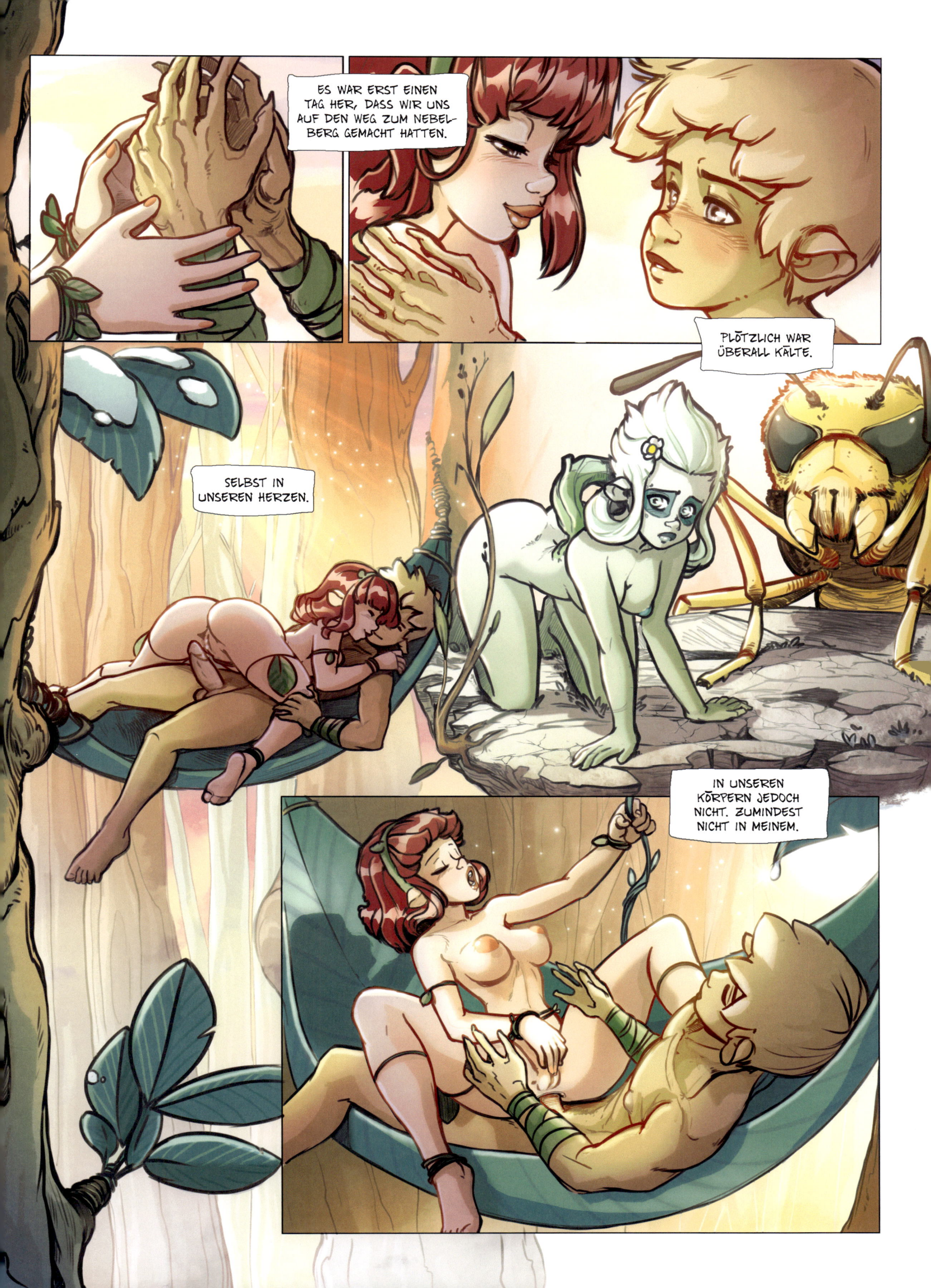

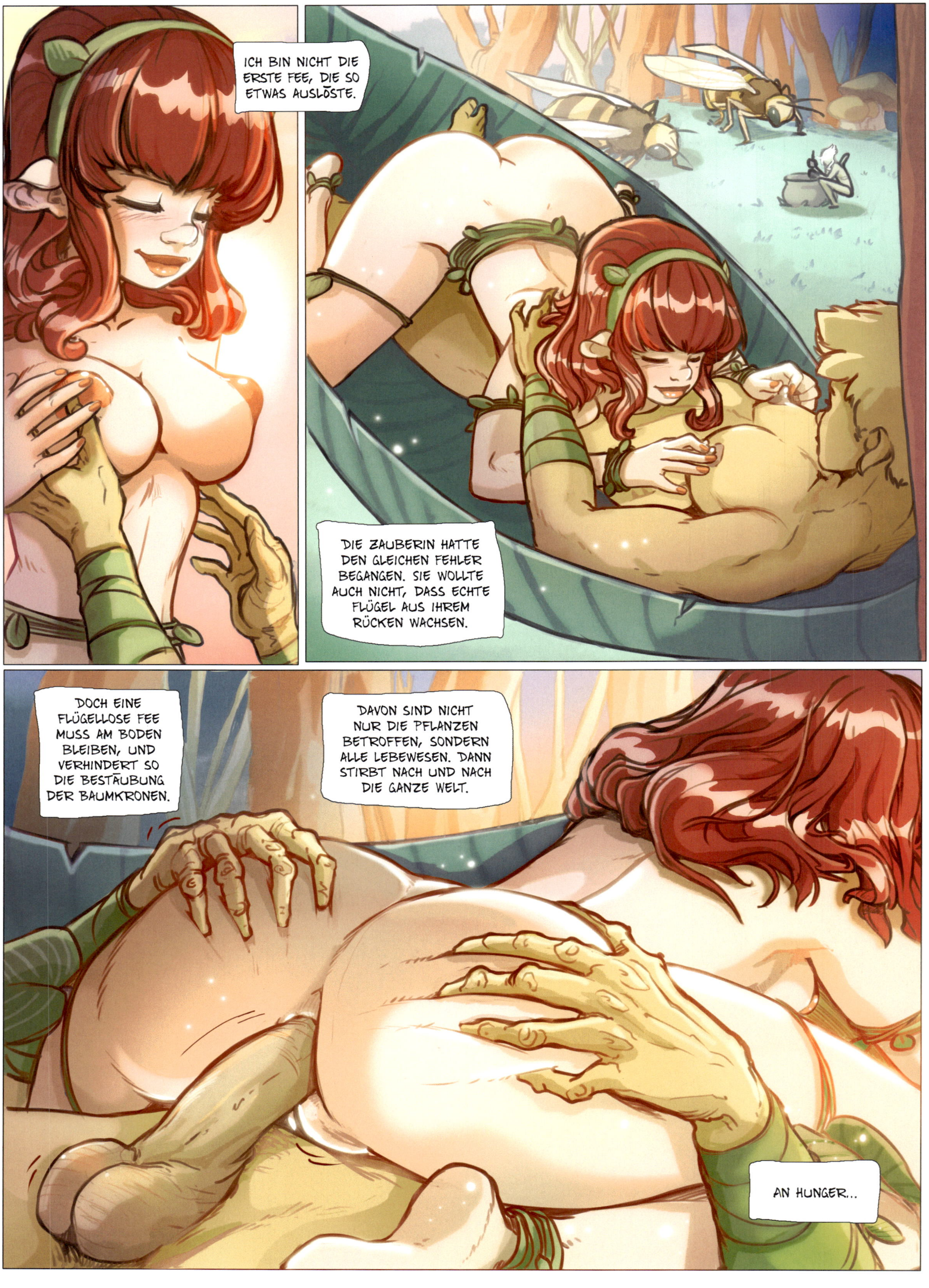

ICH BIN NICHT DIE ERSTE FEE, DIE SO ETWAS AUSLÖSTE.

DIE ZAUBERIN HATTE DEN GLEICHEN FEHLER BEGANGEN. SIE WOLLTE AUCH NICHT, DASS ECHTE FLÜGEL AUS IHREM RÜCKEN WACHSEN.

DOCH EINE FLÜGELLOSE FEE MUSS AM BODEN BLEIBEN, UND VERHINDERT SO DIE BESTÄUBUNG DER BAUMKRONEN.

DAVON SIND NICHT NUR DIE PFLANZEN BETROFFEN, SONDERN ALLE LEBEWESEN. DANN STIRBT NACH UND NACH DIE GANZE WELT.

AN HUNGER...

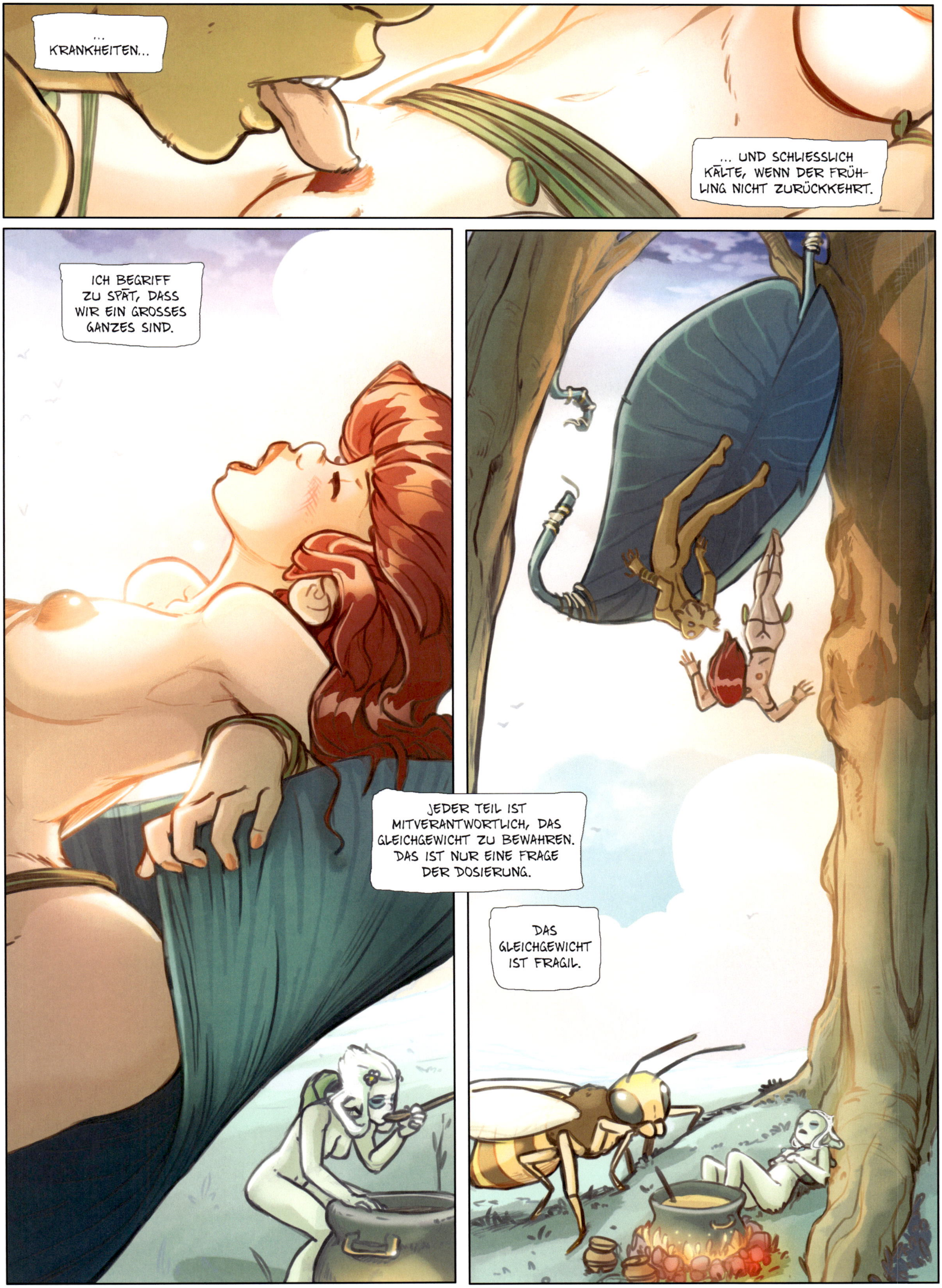

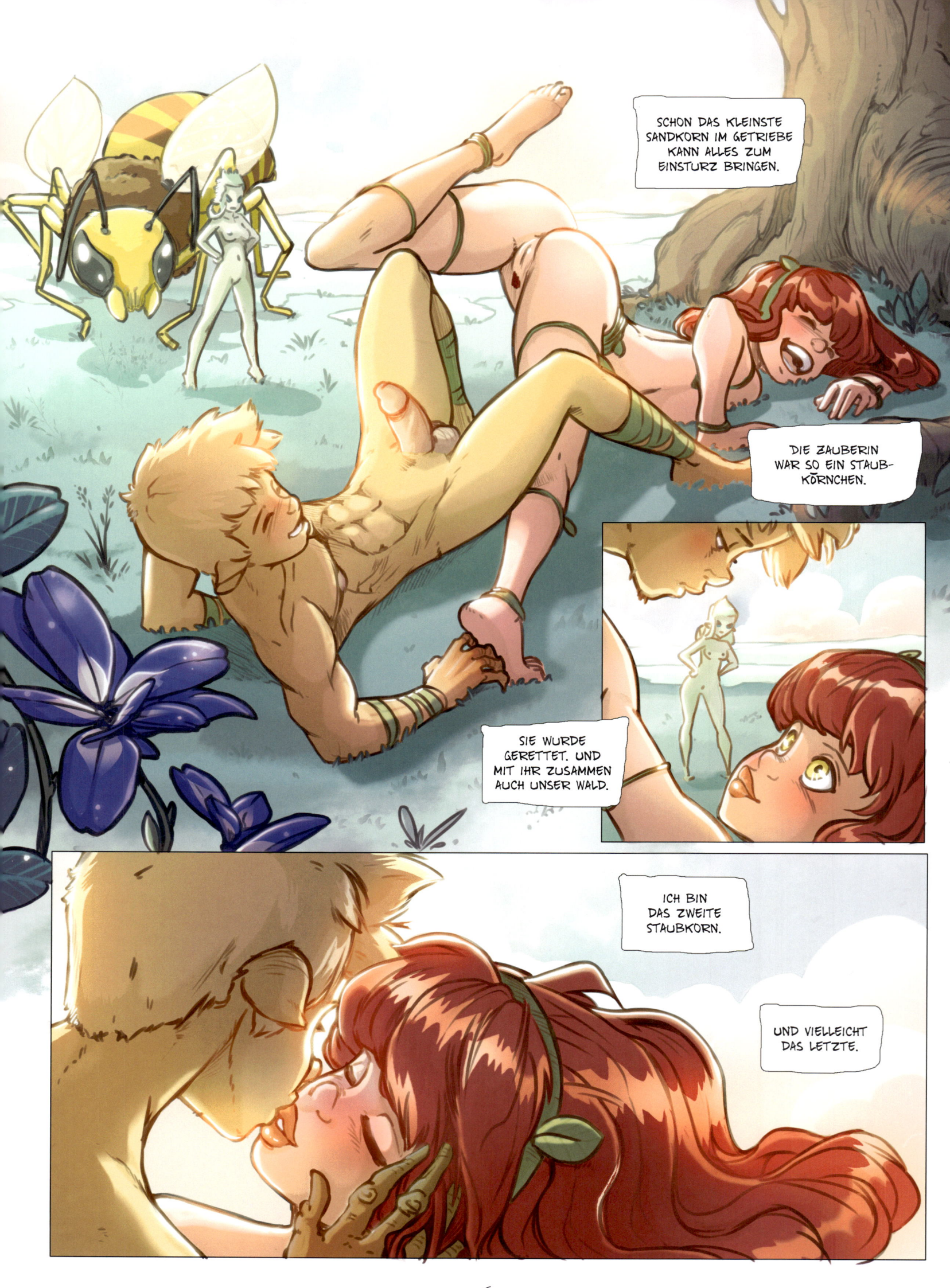

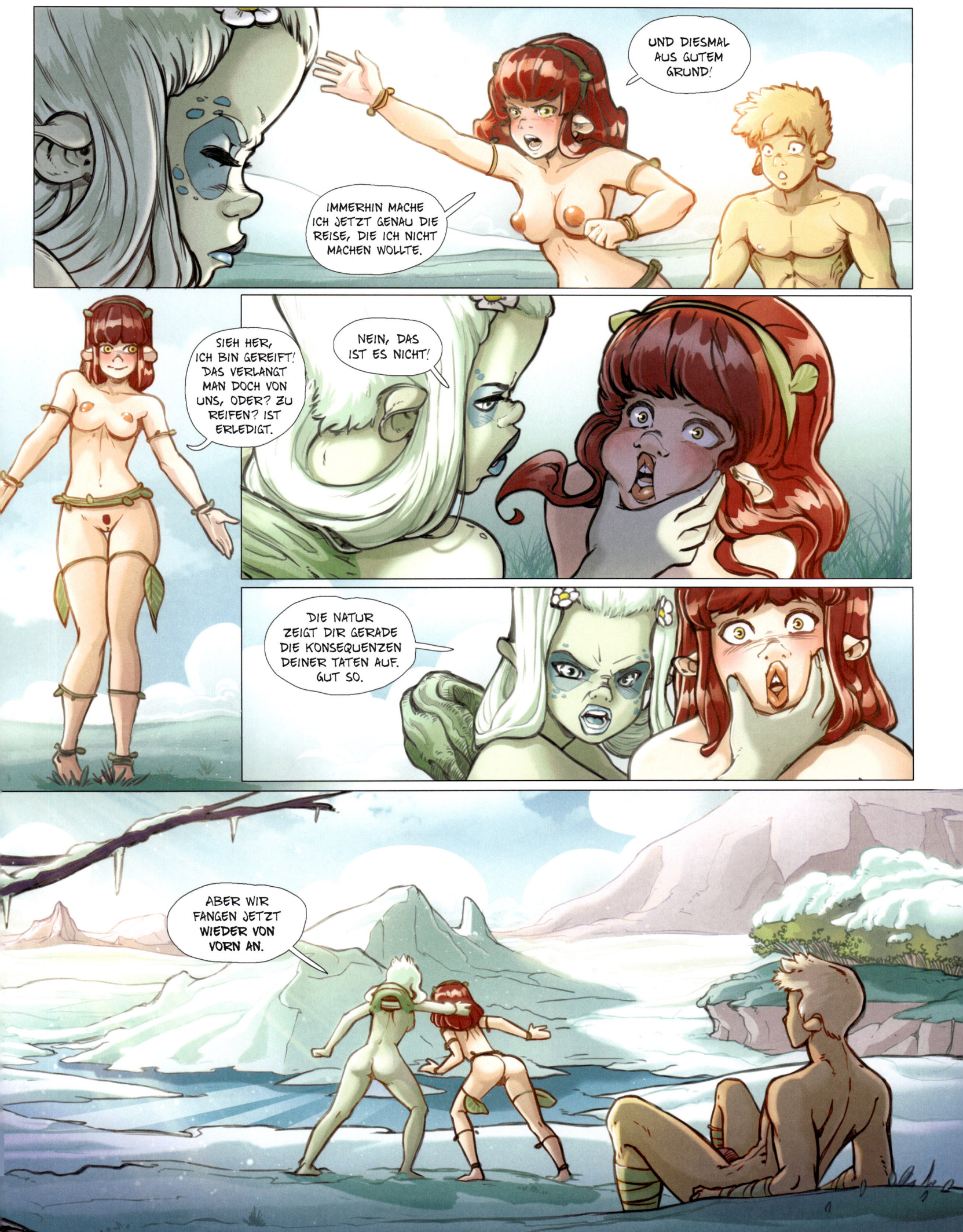

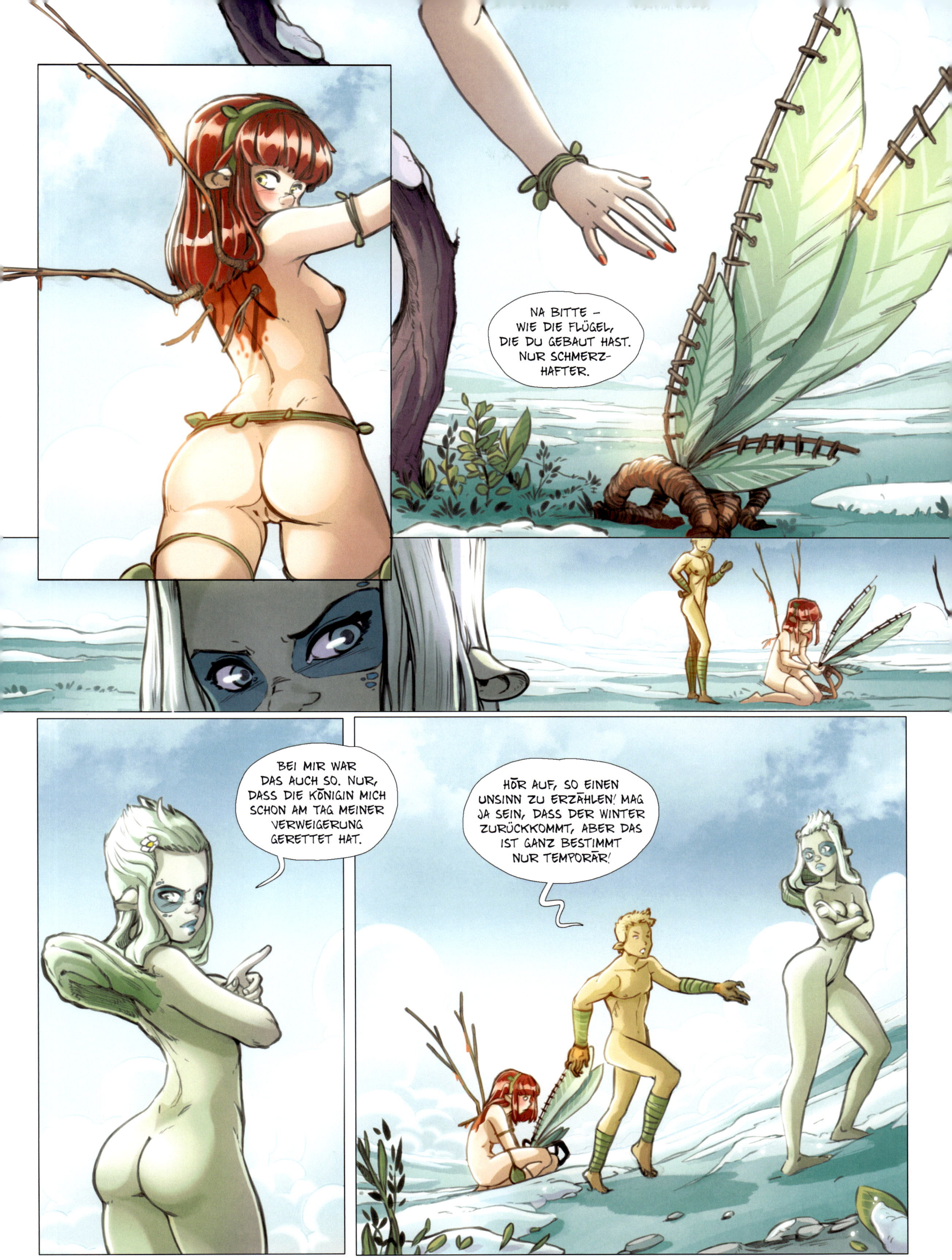

"NA BITTE – WIE DIE FLÜGEL, DIE DU GEBAUT HAST. NUR SCHMERZHAFTER."

"BEI MIR WAR DAS AUCH SO. NUR, DASS DIE KÖNIGIN MICH SCHON AM TAG MEINER VERWEIGERUNG GERETTET HAT."

"HÖR AUF, SO EINEN UNSINN ZU ERZÄHLEN! MAG JA SEIN, DASS DER WINTER ZURÜCKKOMMT, ABER DAS IST GANZ BESTIMMT NUR TEMPORÄR!"

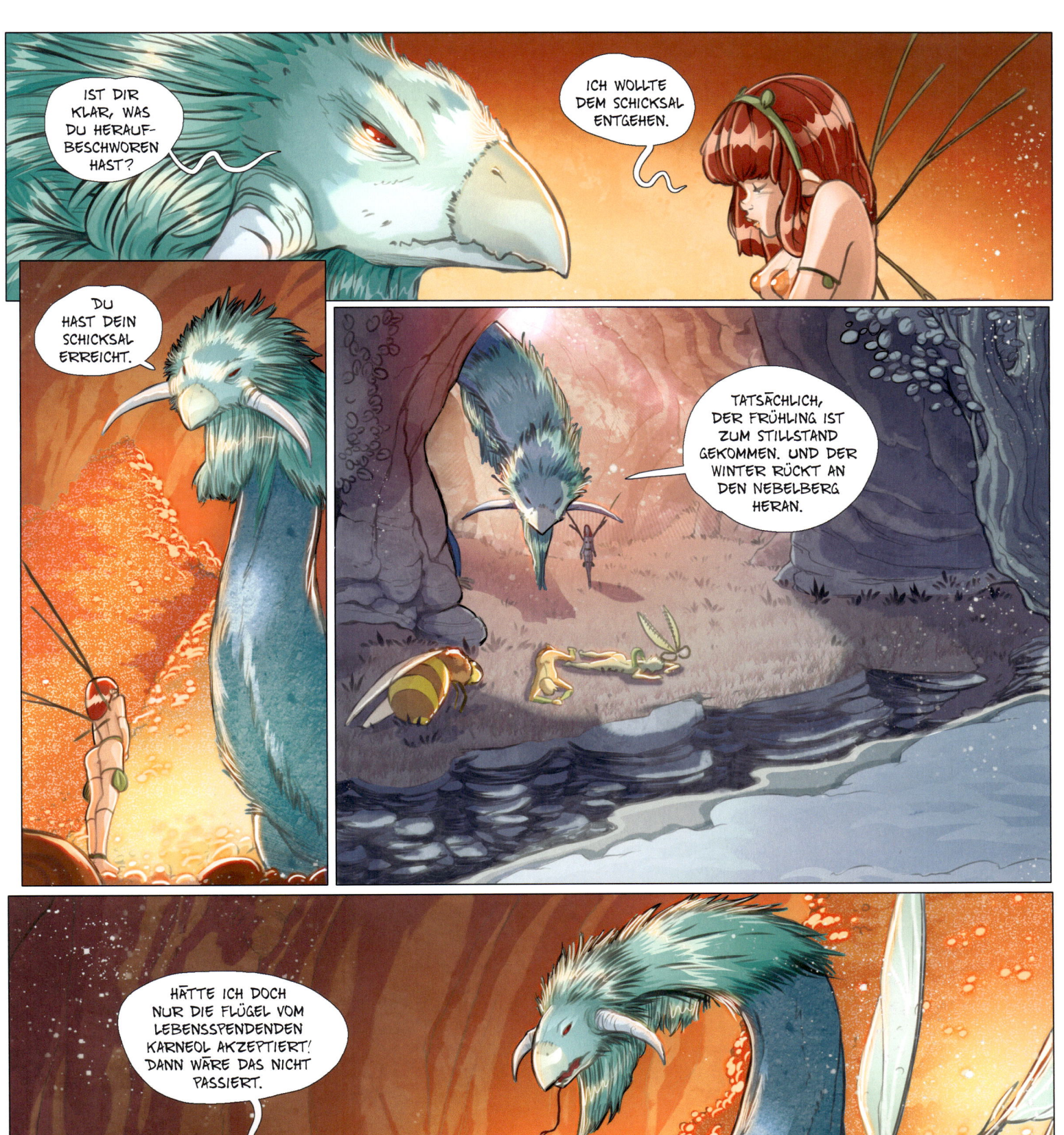

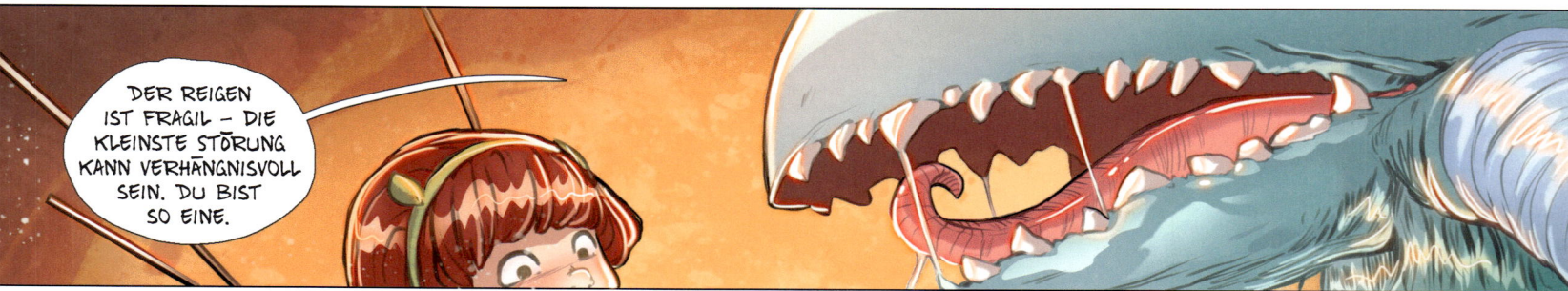

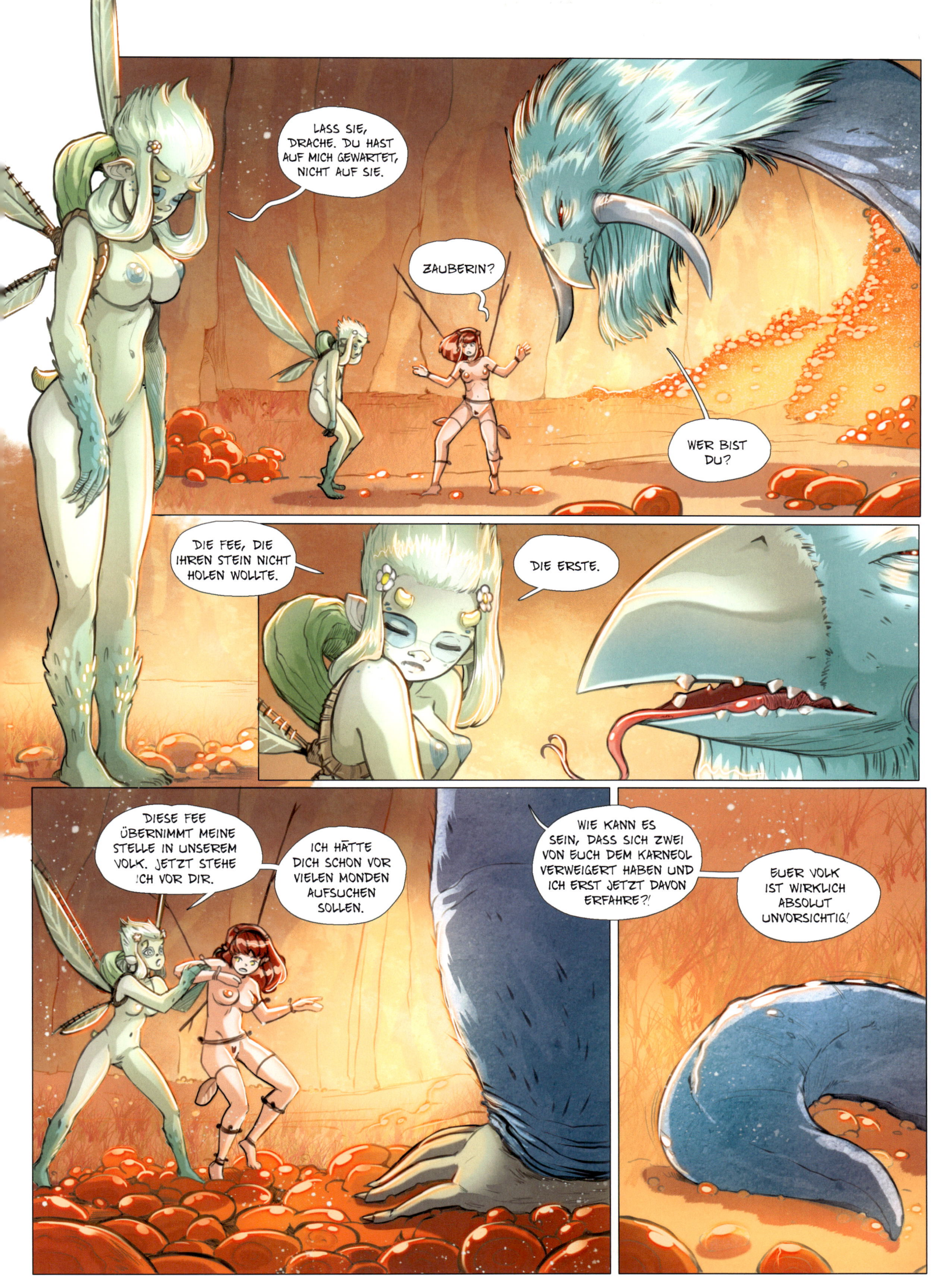

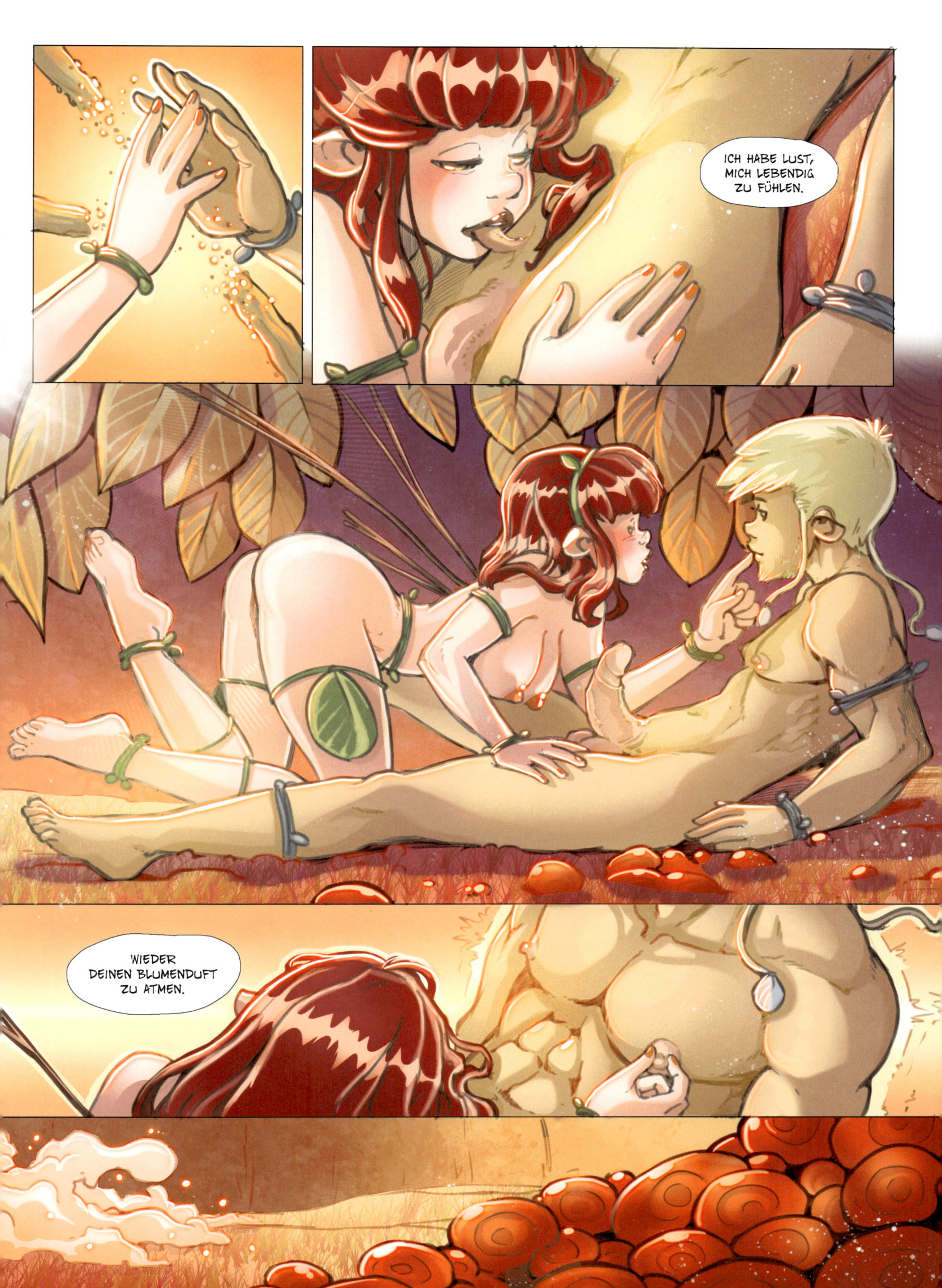

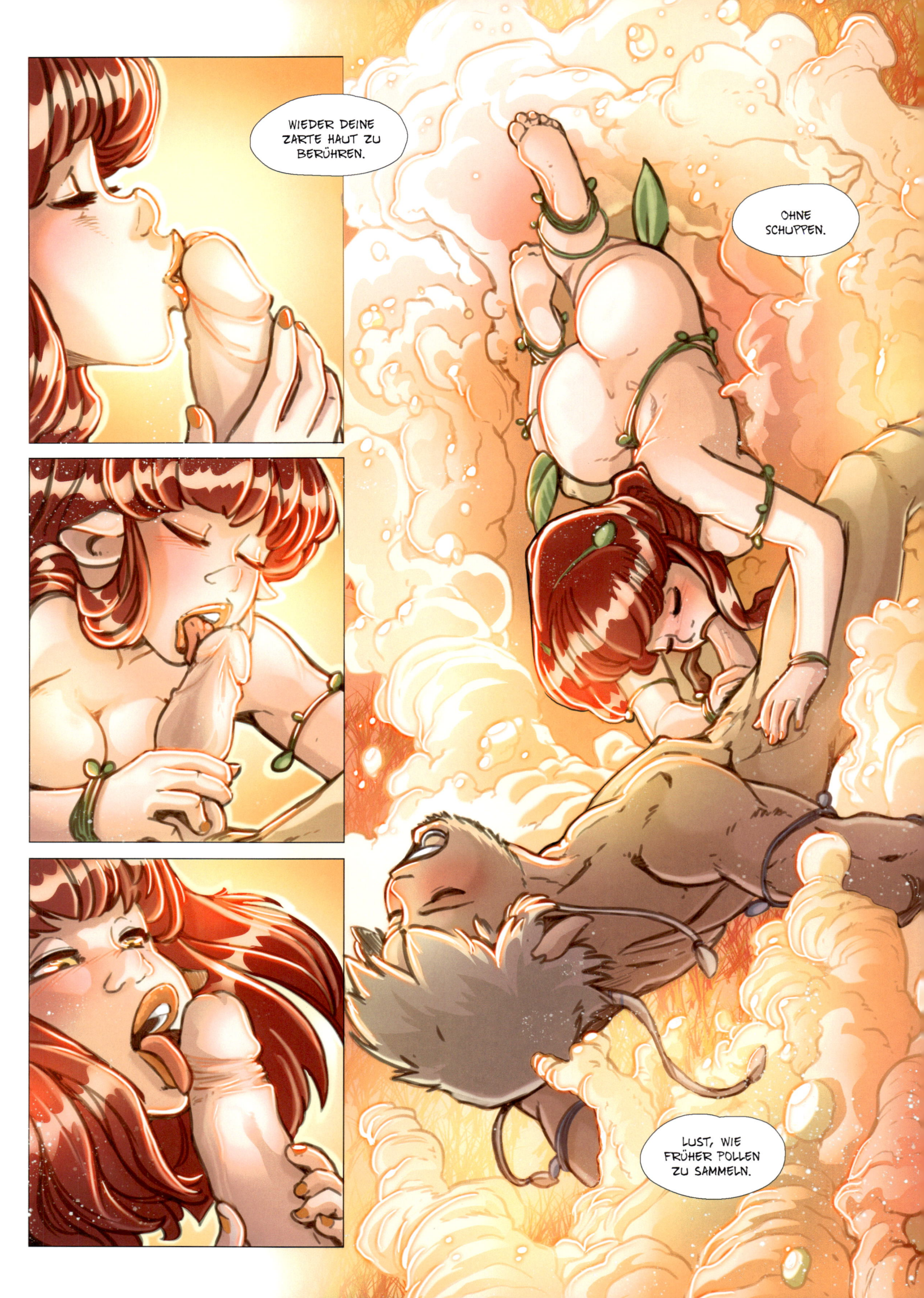

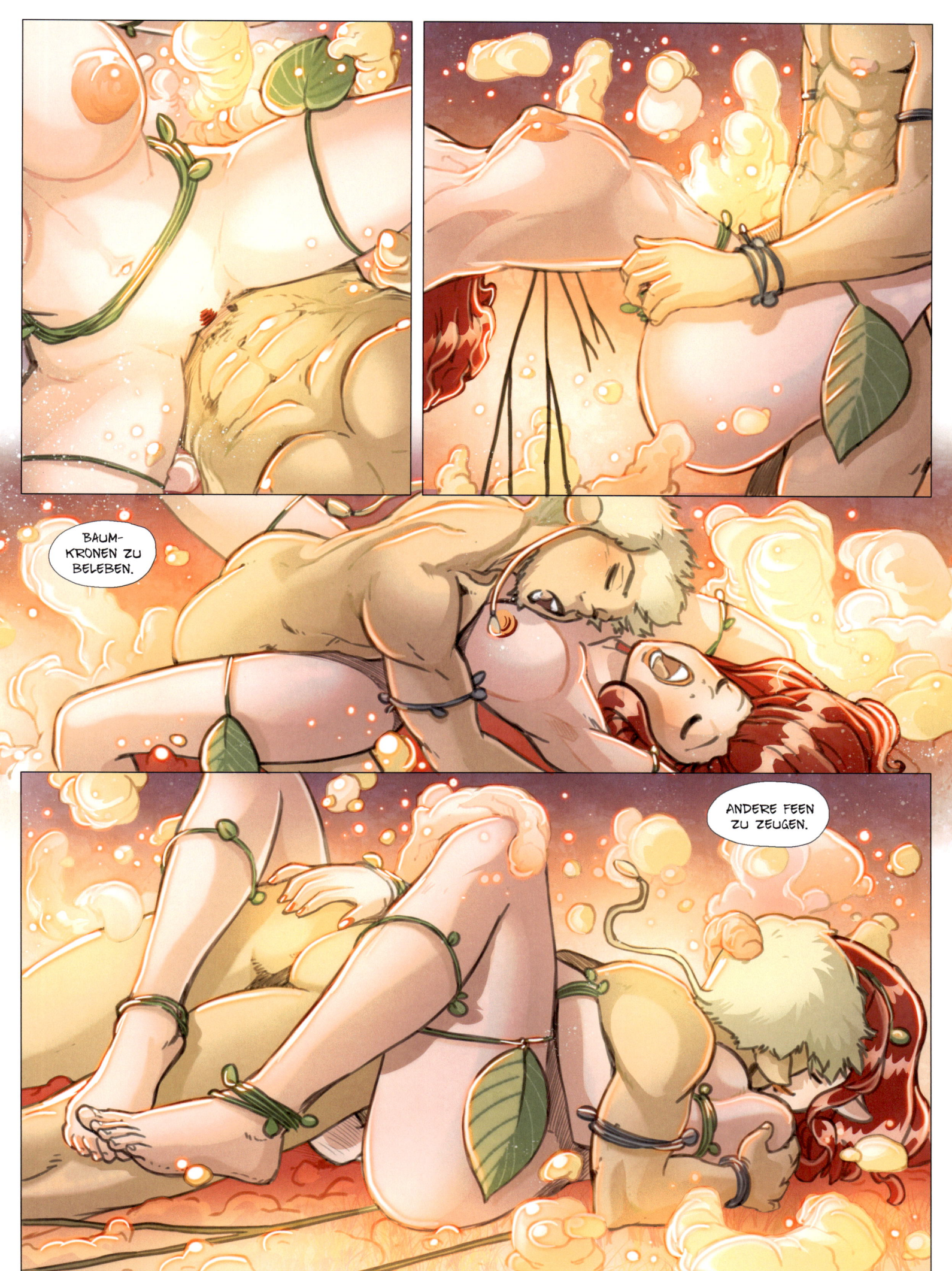